四《し》季《き》開《かい》眼《がん》2

詩文でたどる
「第二の自分」から
「永遠の生命」へ

山川白道

展望社

まえがき

私たちの意識は、思い出に耽《ひた》っているときは、過去に行っています。計画や予定、夢を描《えが》いているときは、未来に行っています。そうは言っても、私たちの通常の意識には、そのような過去や未来に長く留《とど》まることはできません。また、ぼんやりしているときなど、とりとめもなくときをさ迷うことはありますが、しばらくして通常の意識に戻《もど》ります。いずれにしても、肉体は一方通行の時間の流れのなかにあります。そんな時間が、人の寿命《じゅみょう》を定めています。人だけでなく、すべての生き物は、寿命があります。さらには、すべての形あるものは、寿命があります。夜空に輝《かがや》く星ですら、桁外《けたはず》れに長いけれども、寿命があります。これは、生身の自分、言い換《か》えると「第一の自分」をもとに見ると、動かしがたい事実です。

さて、こんななかで「永遠《えいえん》の生命《せいめい》」と言うと、「そんな途方《とほう》もないことを！」と思われるかも知れません。あるいは、「それは一体どういうことか？」と興味を持たれるかも知れません。実は、これは前著『四季開眼《しきかいがん》』でも記《しる》した「第二の自分」と深いかかわりがあります。誤解《ごかい》を恐《おそ》れず言えば、一人ひとりの

「第二の自分」は「永遠の生命」の分身とも言えます。
今回の開眼は、「第二の自分」の再発見であり、「永遠の生命」の存在に触《ふ》れることとなりました。この至福《しふく》を、一人でも多くの方々《かたがた》とともに味わいたいものです。

著者

※　本書は、原則として人名は敬称《けいしょう》略（存命の方を除く）とした。

四季開眼2

詩文でたどる
「第二の自分」から
「永遠の生命」へ

●目次

秋の章

冬の章

題字・カット／山川白道

四季開眼2

詩文でたどる「第二の自分」から「永遠の生命」へ

春の章

鯉《こい》の波

県緑化センター本館隣《とな》り
西側の池に近づいてみると
二十匹《ぴき》ほどの鯉が寄って来て
向きを変えるたびに波立っていた

そんな鯉を見つめているのは
肉体を持って生まれて育ち
そして老いて死を迎《むか》える
言わば「第一の自分」

その「第一の自分」とともにある
精神や心と言われているものも
やがて　形ある全《すべ》てを残して
「あの世《よ》」へ旅立っていく

形のないその精神や心は
信念《しんねん》や情念《じょうねん》などが含《ふく》まれていて
数量として存在を示せないし
実体としても定《さだ》かではない

鯉と水面《みなも》
水中の動きで水面の動きを知り
水面の動きで水中の動きを知る
何だか心と体のかかわりに似ているぞ

水ぬるみ
くねりて高し
鯉の波

斜《なな》めに倒《たお》れた大木

チェンソーで檜《ひのき》の倒木《とうぼく》
隣《となり》の樫《かし》の木にもたれるように
四十五度ほど傾《かたむ》いて想定外《そうていがい》の倒れ方
さあてと　どう片付《かたづ》けたらよいものかと
そこに居合《いあ》わせた三人もそう思ったに違《ちが》いない

ひと息ついて
これを根元《ねもと》の方から

約一メートルずつ五回切って
斜めに倒れた方と真逆《まぎやく》に横倒《よこだお》し

このように倒すために
今どういう力がどこにかかっているか
その力をどう使えば真逆に倒せるか
そんなことを考えながら進めた

現実の問題の解決《かいけつ》も同じ
着地点《ちゃくちてん》や妥協点《だきょうてん》　目標を定め
そのため　どういう課題があるか
先ずどの課題に着手していけばよいか
そしてその次はと考えながら進める

振《ふ》り返《かえ》ってみれば
困難《こんなん》と思われたときは

やりがいが生まれるとき
乏《とぼ》しい知恵《ちえ》も絞《しぼ》り出されるとき

困りても
道は開けり
春の山

河津桜《かわづざくら》が

今は廃線《はいせん》となった
駅舎《えきしゃ》と線路の跡《あと》　南沿《ぞ》い
河津桜が咲《さ》きそろっていた

ここに電車がまだ通っていたころ
高等学校の登下校時に出合ったのは
カール・ブッセの上田敏《うえだびん》の訳詩《やくし》
「山のあなたの空遠く
幸い住むと人のいう・・・」

カール・ブッセは
「幸せはどこかにある」と言うが
それは　足元《あしもと》にあるのではないか

その幸せに気づく機会は
自分に与《あた》えられた力を
よく発揮《はっき》しているとき
自分に与えられた機会を
感謝で受け止めているとき

ああ　そうそう
自分の為《な》すことが
人に喜ばれているときも
自分が存在していることが
人に受け入れられているときも
そして生かされていると感じるときも

さらには
本当の自分との出会い
これが一番の幸せではないか
本当の自分は「もう一人の自分」

初桜《はつざくら》
若き自分に
出会いけり

春めいて

春めいて
草取りに励《はげ》む
この我が身を元《もと》に
思いを巡《めぐ》らすこと遥《はる》か

まず　両親から
命の宿るこの肉体をいただく
この肉体をつくっている物質は
すべては　地球から一時《いっとき》の借り物
肉体の設計にかかわるＤＮＡやＲＮＡは
生命誕生《せいめいたんじょう》から推《お》し量《はか》れば四十億年ほどの歴史

こんなことから見ても

自分も他人もない
自他《じた》は一つ

そうであったとしても
肉体を持つ「第一の自分」
他人と不断《ふだん》にかかわり合い
アイデンティティを形成《けいせい》し
お互《たが》いに切磋琢磨《せっさたくま》するときも
周《まわ》りの環境《かんきょう》を変えようとするときも
環境に合わせて行こうとするときもある

やっぱり
この世《よ》でよく生きていくには
この「第一の自分」を元とし
「もう一人の自分」を心に留《とど》め
為《な》すべきことを為すこと

春の土
若き命や
湧《わ》き出《い》ずる

もう春分

今日は　もう春分
ソメイヨシノがチラホラ
ユキヤナギで飾《かざ》る純白《じゅんぱく》の絨毯《じゅうたん》
トサミズキで飾る黄色の山肌《やまはだ》

春めいてきたその感覚は
五感のうちでは目と肌《はだ》の働きが大きい

その外《ほか》にも　耳と鼻そして舌で
そこはかとなく春を感じる

でも
春を意識するその主体
そこへは　なかなか及《およ》ばない
ましてや　その意識を超《こ》えた主体
そこまでは　とても及ばない

昔の人の言う
「天地《てんち》が我　我が天地」
この境地《きょうち》にたどり着くには
時空を超えて存《そん》する主体
この自覚《じかく》がいるのかな

花を見て

その奥観《おくみ》れば
天地かな

今年の桜《さくら》

今年の桜
三月が例年より暖かく
ソメイヨシノはもう散り始めた

そんななかで浮《う》かんだ言葉
江戸時代の儒学者《じゅがくしゃ》　佐藤一斎《さとういっさい》の
「老いて学べば　死しても朽《く》ちず」
宋《そう》の哲人官吏《てつじんかんり》　朱新仲《しゅしんちゅう》の「人生の五計」
その五番目「生死を超越《ちょうえつ》した生き方」

佐藤一斎も朱新仲も
「永遠の生命」とは言わなかったが
それに気づいていた節《ふし》がある

心について
脳脊髄液《のうせきずいえき》には情報伝達役《じょうほうでんたつやく》のニューロンの外《ほか》に
ミクログリアやアストロサイト等《など》の細胞《さいぼう》があり
さらに　そこに拡散《かくさん》して気分などを調整《ちょうせい》している
セロトニンやドーパミンなどの神経伝達物質《しんけいでんたつぶっしつ》がある
これらが組み合わさって生まれるのではないか
このように言う脳科学者《のうかがくしゃ》もある

これに対して浮《う》かぶは
心に魂《たましい》や意識体と称《しょう》するものがあり
命を支《ささ》え　体を支えているということ

さらに　その魂や意識体も「第二の自分」と
つながっているようだということ

「第二の自分」は
「永遠の生命」の分身
この世に片足《かたあし》が在《あ》りながら
別次元に片足が在るようだ

ちるさくら
また来る年へ
隠《かく》れけり

我が家のジャガイモ

このポカポカした陽気で
ムッズと地中から芽《め》を出した
我が家のジャガイモ

畑の見えない土の中で
発芽《はつが》の力を少しずつ蓄《たくわ》え
時を得て頭上の土を押《お》しのけ
地上にヨッコラショと顔を出す

このように
わずかな変化が目を見張《みは》る
そんな変化にかかわる時間がある

そうかと言えば
川の流れのように
水は絶えず入れ替《か》わるが

川そのものは　そこにある

人の体の造りも
消化管《しょうかかん》などは数日で
筋肉《きんにく》も数週間で造り替わり
骨も数か月で造り替わるという
でも　造り替わっていても
その人は変わらずある
そんな在《あ》り様《よう》にかかわる時間もある

さてさて
この春に芽を出したジャガイモ
生長《せいちょう》した一部は　種イモとなり
また来る春へ命をつなぐ

榎《えのき》の大木

我が家の近くの草原《くさはら》に
復興《ふっこう》一本松をしのばせる
榎の大木が立っている

この大榎《おおえのき》に誘《さそ》われて
事《こと》を百年単位でみれば
樹齢《じゅれい》百年の大木でも一歳《さい》
さらに千年の大帝国《だいていこく》でも十歳
人類五千年の文明史でも五十歳

そうして
おしなべて推《お》し量《はか》るに
どんな長寿《ちょうじゅ》の生き物も国家も

生まれ　育ち　盛《さか》んなときがある
そして　老いて衰《おとろ》え死を迎《むか》える

それでも
釈迦《しやか》　孔子《こうし》　イエス
マホメットの教えのように
千年　二千年と語り伝え続けられ
言葉という形で今に伝わってきている

そうかと言えば
ヘレニズムやアッバース朝
イタリアのルネサンスのように
異文化が交《まじ》わって高まりをつくり
文化という形で今に伝わってきてもいる

巡《めぐ》り来るこんな思いのなか

この大榎がこの地の歴史を
今にも語り出しそうになった

君子蘭《くんしらん》が出迎《でむか》えている

我が家の玄関先《げんかんさき》
このところ君子蘭がズッと出迎えている
これはラン科ではなくヒガンバナ科
比較的《ひかくてき》に開花が長いこの君子蘭につられて
「永遠の生命」なるものがまた浮《う》かぶ
これには時間　空間　存在の
在《あ》り様《よう》がかかわっている

時間には
過去　現在　未来の三相
ヒトには一方通行ととらえられるこの時間
そのヒト固有の進み方の時間もあり
現代物理学の示す時間もある

空間にも
固有　共有　仮想《かそう》の三相
ヒトには身の丈《たけ》を基《もと》にとらえられるこの空間
そのヒト固有の広がりの空間もあり
マクロとミクロの空間もある

存在には
マクロ世界とミクロ世界の出合いがあり
そこに「般若心経《はんにゃしんきょう》」でいう「空《くう》」が潜《ひそ》み
さらに　そこには時空間を超《こ》えて

「永遠の生命」も潜《ひそ》んでいる

春の風
ズッと出迎え
君子蘭

フリージアが咲《さ》いた

我が家の庭に
甘《あま》い香《かお》りを放って
赤　白　黄色のフリージアが咲いた

なんとなく
この甘い香りが

教師時代の若いころへ誘《さそ》う

そのころは
未熟《みじゅく》な教育技術を補《おぎな》おうと
教育機器《きき》などをあれこれと考案《こうあん》
プログラムド・スライド・プロジェクター
テストの自動採点機《じどうさいてんき》　思考過程明示器《しこうかていめいじき》などなど
そして教育工学全国大会などでも発表

やがて
障《しょう》がいのある子どもたちの教育に携《たずさ》わり
突《つ》き当たった大きな壁《かべ》

人それぞれ固有の時計があり
それに合わせようと努めること
かたや　人それぞれ固有の空間があり

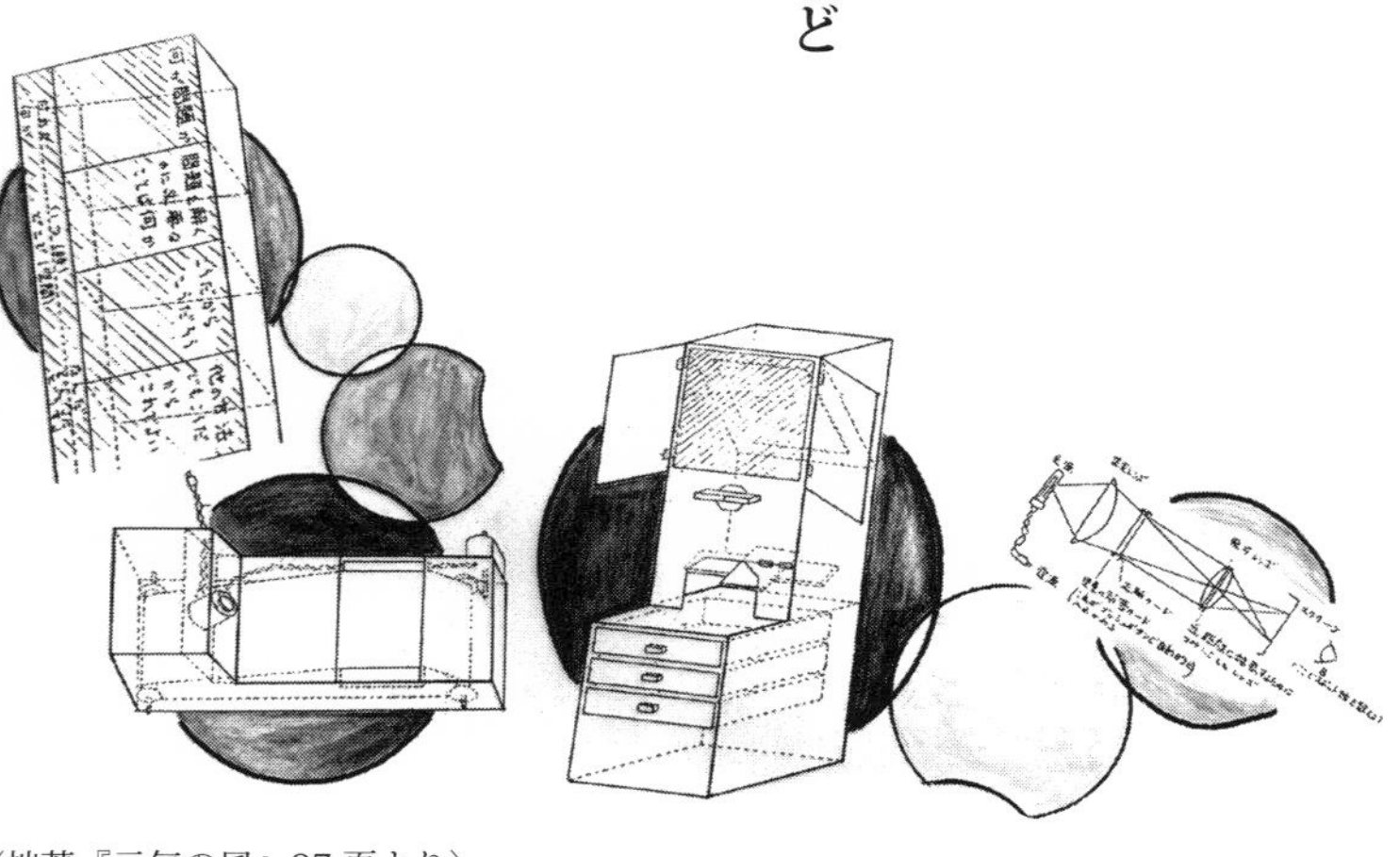

〈拙著『元気の風』27 頁より〉

その人に即《そく》して分かろうと努めること
こんな壁を超《こ》えることを
その子どもたちから学ぶことになった
思えば　時間と空間の探求《たんきゅう》は
今も続く課題

フリージア
時空を超えて
香りけり

打つ畑《はたけ》
後ろからMさんの声

「最近は備中《びっちゅう》で耕す人
少なくなったねえ！」と

定年後は畑仕事
体力づくりのためにも
エンジン付機械《つききかい》を避《さ》けている

畑仕事のもう一つの楽しみは
畑で生きる生き物たちと
あれやこれやの出合い

さらには
微生物《びせいぶつ》から大きな動植物まで
地球上の生き物の総体《そうたい》と
なんらかのかかわり合い

その生き物の総体を
「地球生命体」と称《しょう》すれば
これが個々の「永遠の生命」にリンク

打つ畑
天地へつなぐ
場所となる

かがみにうつらない

ほんとうのじぶんは
かがみに　うつらない
それでも　ちかくにいるようだ

ことりの　さえずり
ほしぞらの　かがやき
はだにやさしい　そよかぜ
くさきの　いろあいや　かおり
そんなしぜんと　ふれあうときも
われをわすれていて　ふとふりかえるときも

また
こつこつ　からだをきたえ
せいいっぱい　あたまをきたえ
こころをきたえているときも

そうかといえば
ひとにやくだつことをして
よろこばれているときも

そしてまた
たいへんなしっぱいをしたり
たいせつなひとやものをなくしたり
それで　おちこんでいるときにも
ちかくによりそっているようだ

それでも
かがみに　うつらない
ほんとうのじぶん

詩注1

鯉《こい》の波

S・フロイト（1856-1939）は、精神は三層（意識・前意識・無意識）で構成されるとした。A・エリス（1913-2007）は、信念《しんねん》にかかわって論理療法《ろんりりょうほう》を創始《そうし》した。なお、「第一の自分」については、前著《ぜんちょ》『四季開眼《しきかいがん》』（展望社、二〇二〇年）も参照のこと。

斜《なな》めに倒《たお》れた大木

身近な問題からロシア・ウクライナ戦争（2022.2- ）の問題解決の過程も、同じではないか。

河津桜《かわづざくら》が

カール・ヘルマン・ブッセ（1872-1918）は、ドイツ新ロマン派の詩人・作家。

春めいて

「為《な》すべきことを為す」は、自分の役割を見定めて果《は》たすことである。なお、「自他一如《じたいちにょ》」は、「自分と他人とはそもそもひとつ」ということ。アイデンティティは、自己同一性《じこどういつせい》のこと（Web サイトより）。

もう春分

ここでは、もう一句、「花を見て覗《のぞ》くその奥《おく》宇宙かな」。

今年の桜《さくら》

佐藤一斎《さとういっさい》の言葉は、Webサイト参照。朱新仲《しゅしんちゅう》（1097-1167）の人生の五計（生計・身計・家計・老計・死計）は、安岡正篤《やすおかまさひろ》著『先哲講座《せんてつこうざ》』『照心語録《しょうしんごろく》』参照。脳にかかわっては、毛内拡《もうないひろむ》著『脳を司《つかさど》る「脳」』（講談社、二〇二〇年）参照。なお、「意識体」「第二の自分」については、前述『四季開眼』も参照のこと。

我が家のジャガイモ

生物学者の福岡伸一《ふくおかしんいち》（1959-）氏は、「生命は壊《こわ》しては入れ替《か》える動的平衡《どうてきへいこう》」と述《の》べている（二〇一九年二月一六日講演より）。

榎《えのき》の大木

釈迦《しゃか》（B.C.563頃《ころ》-483頃）は仏教の創始者。孔子《こうし》（B.C. 551-479）は儒教《じゅきょう》の祖《そ》。イエス（B.C. 4頃-A.D.28）はキリスト教の創始者。マホメット（570頃-632）はイスラム教の開祖（拙著《せっちょ》「孫子《まごこ》に残す偉人《いじん》百選」二〇二三年より）。

君子蘭《くんしらん》が出迎《でむか》えている

「般若心経《はんにゃしんきょう》」では、「色即是空《しきそくぜくう》　空即是色《くうそくぜしき》」とある。色《しき》は、物質的存在。空は、固定的実体がないこと（『広辞苑《こうじえん》』より）。「現代物理学の示す時間」は、A・アインシュタイン（1879-1955）が発表した相対論と、M・プランク（1858-1947）らから始まる量子論における時間を指す。

フリージアが咲《さ》いた

プログラムド・スライド・プロジェクターは、おもに計算力を高めるためにPSPシステムの中核《ちゅうかく》として考案した教育機器《きき》。全国大会は、一九八四年の千葉県旭《あさひ》市と八五年の神戸《こうべ》ポートアイランドでの開催《かいさい》。

打つ畑《はたけ》

『歎異抄《たんにしょう》』でいう「弥陀《みだ》の本願《ほんがん》はただ親鸞《しんらん》一人がためなり」は、釈迦《しゃか》の言葉「天上天下唯我独尊《てんじょうてんげゆいがどくそん》」に通じている。日本陽明学《ようめいがく》の祖、中江藤樹《なかえとうじゅ》（1608-1648）も「天地の間に、己《おのれ》一人生きてあると思うべし」と述《の》べている（前述「孫子に残す偉人百選」より）。

かがみにうつらない

「ほんとうのじぶん」は、「第二の自分」に当たる。なお、哲学者の下西風澄《しもにしかぜと》（1986-）氏は、精神史の論考の末、「心は生まれながらも消え続け、そしてずっと続いていくということが、今の僕《ぼく》にはひとつの救いであるように感じられる（『生成《せいせい》と消滅《しょうめつ》の精神史』文《ぶん》藝春秋《げいしゅんじゅう》、二〇二二年、四五三頁）」と記《しる》している。

夏の章

紫蘭《しらん》かな

今日は一日中雨
スケッチをする手を休め
入手《にゅうしゅ》した紫蘭を前に思いが巡《めぐ》る

近年　人工知能を使った
アンドロイドやヒューマノイドが
ヒトに限りなく近づいている
でも今一つ越《こ》えられない壁《かべ》
それは　心の壁

心を
脳の働きから迫《せま》る脳科学
精神　意識　感情の働き
行動などから迫る心理学の各学派
こんな心があると示す宗教や哲学など

心は
役割などからは
「第二の自分」と深くかかわり
「第一の自分」と「第二の自分」の
懸《か》け橋のようでもある

でも
その「第二の自分」は
この四次元時空間のなかだけで
分かろうとするには限界があるようだ

心あり
証拠《しょうこ》はどこに
紫蘭かな

ナスづくり

このごろの我が家の畑
キュウリ　トマト　カボチャ
スイカ　ズッキーニ　そしてナスと
次々に花を咲《さ》かせている

畑づくりは
自然との触《ふ》れ合い
ときに　厳寒《げんかん》　炎暑《えんしょ》に出合うも

耳に小鳥のさえずり　肌《はだ》に渡《わた》る風
目に青い空　白い雲　緑の山々
鼻に草花や土の匂《にお》い

畑づくりは
作物とのかかわり合い
土づくり　種まき　苗植《なえう》え
水やり　追肥《ついひ》　除草《じょそう》　虫鳥獣対策《ちゅうちょうじゅうたいさく》
そうして　やっと収穫《しゅうかく》

それでも
畑づくりでは
ときに過去にさかのぼり
成功や失敗を生かしながらも
やりたいようにできる

とくに
定年退職後《ていねんたいしょくご》は
時間にあまり縛《しば》られず
のびのびやりたいようにできる
収穫も　もらってもらえる喜びあり

のびのびと
やりたいように
ナスづくり

あの小鳥の眼《め》

「つどいの丘《おか》」玄関《げんかん》ロビー
ふと　窓越《まどご》しに外を見やると

ベランダの手すりに一羽《わ》の小鳥
チョコチョコ動いて庭へひとっ飛び

ああ
人にはあんな動きはできないな
こんな思いとともに浮《う》かぶは
人は　自分自身の意識に
随分縛《ずいぶんしば》られていること

それでも
鳥のように動けなくても
あそこに見える猿投山《さなげやま》を起点に
日本アルプスを越《こ》え日本海へ
濃尾《のうび》平野を越え瀬戸《せと》内海へ
三河湾《みかわわん》を越えて太平洋へ
富士山を越え東京湾へと

一回りして日本列島《れっとう》を
意識に乗せられるぞ

何よりも
こうしてペンを走らす姿《すがた》を
外から自分の意識の眼で
見ることもできるぞ

さあてと
あの小鳥の眼
何が映《うつ》っているのかな

梅雨《つゆ》の家

今日も梅雨の長雨で
外仕事は休み　家でビデオ鑑賞《かんしょう》
それは「世界の絶景百《ぜっけいひゃく》」と題する作品
すでに見てきたところもあったが
ほとんどはまだ見ぬところ

どちらかと言えば
まだ見ぬところの方が
オオっと好奇心《こうきしん》が湧《わ》いてくる

そう言えば
この地上だけでなく
死後の世界も未知の世界

でも
死後の世界の方は
あまり好奇心があり過ぎると
この世の営《いとな》みに支障《ししょう》をきたすこともある

「第二の自分」も同じ
「第一の自分」を本《もと》として
「この今　今が大切」と生きること

梅雨の家
今を開くや
ビデオ旅

雨上《あめあ》がり

このところの我が家の庭
雨が上がるたびによく伸《の》びる草
スズメノカタビラ　カタバミ　メヒシバ

そんな頃合《ころあ》いに浮《う》かぶは
感じたり　知ったり　意欲したり
そして　判断したりする精神のはたらき

これら精神のはたらきは
脳内《のうない》にそれらの領域《りょういき》があり
それぞれが分業しているという

かつて脳科学者のフリーマンは

各領域《かくりょういき》を高速で循環《じゅんかん》している
大域的《たいいきてき》アトラクターがあり
それが一瞬《いっしゅん》止まった時に
意識が生まれるとした

そうすると
意識は連続的ではなく
とびとびに生まれることになり
そこに　時間も成《な》り立つことになる

この事柄《ことがら》の真偽《しんい》は別にして
私たちは神秘《しんぴ》なる営《いとな》みにより
意識に時間の長さと流れが生じ
今を生き　生かされている

雨上がり

無心《むしん》で伸《の》びる
夏の草

スイカの味わい

この夏の我が家の畑
スイカは鳥獣《ちょうじゅう》の害なく十一個目の収穫《しゅうかく》
冷えたスイカに塩をふって食《しょく》する
これがまた格別《かくべつ》の夏の味わい

少し振《ふ》り返《かえ》っても
こんな今が　一番いい
こうした作物のできる風土《ふうど》も
自助共助《じじょきょうじょ》のできる社会もあり

やりたいと思うことの
ほとんどができる

でも
そんな「第一の自分」の旅は
矢《や》のように過ぎ去って行き
意識だけの精神世界へ

そのときのために
「第一の自分」をしっかり磨《みが》く
とりわけ　心を磨いておくことが
「第二の自分」にもよい影響《えいきょう》を及《およ》ぼす

塩ふって
甘《あま》さ増しけり
夏スイカ

今日は七夕《たなばた》

今日は七夕
この頃《ごろ》の日本列島
梅雨前線《ばいうぜんせん》がズッと停滞《ていたい》
当地も分厚《ぶあつ》い雨雲《あまぐも》

この分厚い雨雲を
つと突《つ》き抜《ぬ》けてみれば
眼下には　白く輝《かがや》く雲海《うんかい》
頭上には　漆黒《しっこく》の闇《やみ》に輝く星々

ついでに
時《とき》を振《ふ》り返《かえ》れば
この地球上に生《せい》を受け

育てられ　支《ささ》えられて　今
子育てや仕事などを通して
ほんのわずかばかりのお返し

何よりも
自身を知る機会を得
一瞬《いっしゅん》のこの時　時間の流れ
見慣《みな》れた世界　空間の広がり
そんななかで脚下照顧《きゃっかしょうこ》できること
奇跡《きせき》のなかの奇跡

織姫《おりひめ》と彦星《ひこぼし》
天《あま》の川を隔《へだ》て年一度の大接近
これを雲が晴れれば見られることも
奇跡のなかの奇跡

子どもたちの視線《しせん》を

夏雲の下《もと》　ボランティア
学区小学校での「読み聞かせ」
コロナ禍《か》なので朗読《ろうどく》ではなく板書《ばんしょ》

子どもたちの視線を背中《せなか》に受け
詩「はずかしがりや」を
ひらがなでつづる

この詩
「こころは　ひょんなときあらわれ
ひょんなときかくれてしまう
はずかしがりや」というもの

心は目に見えないけれど
沈《しず》みもし　浮《う》きもする
重くもなり　軽くもなる
小さくもなり　大きくもなる

さらには
乱《みだ》れもし　平《たい》らかにもなる
冷たくもなり　熱くもなる
貧《まず》しくもなり　豊《ゆた》かにもなる

こんな心
つき合い方は
特別なときは別として
あまり度を越《こ》さないことかな

それには

うまくいかないときなどは
一旦《いったん》　自分から離《はな》れて
自分を見ることかな

夏雲や
雲の内から
雲見えず

瑞雲寺境内《ずいうんじけいだい》の蓮《はす》

瑞雲寺境内の蓮
六月中旬《ちゅうじゅん》から咲《さ》き始め
今はもう盛《さか》りをやや過ぎた
やがて種子となり次代へつなぐ

人も
オギャーと生れてより
親兄弟姉妹《おやきょうだいしまい》　友人や隣人《りんじん》など
周《まわ》りの多くの人たちに育てられる
成人してからも多くの人たちに支《ささ》えられ
子孫《しそん》や後継者《こうけいしゃ》などを育てている

それは目に見えない糸で
幾重《いくえ》にも結ばれているようだ
でも　役目などを果《は》たせば
その糸もなくなるようだ

そう言えば
哲学者《てつがくしゃ》の上田閑照《うえだしずてる》の言葉
「自分では自由と思っていても
自分の意識に閉《と》じ込《こ》められているだけ」

これに触発《しょくはつ》されて浮《う》かぶは
ほんとうの「自由」は
この世の役目などを果たし
この世の時空間をサッと超《こ》えて
無限と永遠の真《ま》っ只中《ただなか》に入ることかな

泥中《でいちゅう》より
清《きよ》らに咲けり
蓮の花

草取る姿《すがた》

畑の草取りで

後ろからやや離《はな》れてNさんの声
「お先に！ 姿が透《す》けてどこか分らなかった！」

この「透けて」で思い出されるは
かつて カウンセリングの研修時に
先生の姿を見た仲間《なかま》が発した言葉と同じ

こうした在《あ》り様《よう》は
宮沢賢治《みやざわけんじ》の「雨ニモマケズ」の
「ミンナニデクノボートヨバレ
ホメラレモセズ クニモサレズ
ソウイウモノニ ワタシハナリタイ」
そのことにも通じている

「俺《おれ》が 俺が」
「私が 私が」と

人をかき分けて前に出る
そんな人達《ひとたち》が多いなか
真珠《しんじゅ》の輝《かがや》きを放つ

渡《わた》る風
草取る身をば
透け通る

晩夏《ばんか》のひと日

晩夏のひと日
妻《つま》　娘《むすめ》　孫《まご》を連れて
矢作川《やはぎがわ》のヤナへ

足を一歩踏《ふ》み入れると
川の水は冷たくて
勢《いきお》いがあった

川のほとり
孔子《こうし》の名言がある
「逝《ゆ》く者は斯《か》くの如《ごと》きか
昼夜《ちゅうや》をおかず」と

これを中国南宋《なんそう》の朱子《しゅし》は
「天地宇宙の生成化育《せいせいかいく》もこうしたもの」とし
「たゆみなく学べ」と説いたという

万物《ばんぶつ》は
止まって見えるものも動き
動いて見えるものはさらに動き

止まることはない

孫二人
キャッキャッ遊ぶ
ヤナ場《ば》かな

過ぎてしまえば

夏至《げし》のころより
もう四十分余り　日の出は遅《おそ》く
日の入りは早くなった

「月日は百代の過客《かかく》にして
行きかふ年もまた旅人なり」

このように始まる『奥《おく》の細道《ほそみち》』

作者の松尾芭蕉《まつおばしょう》はまた
「閑《しず》かさや岩にしみいる蝉《せみ》の声」
このあたりは一瞬《いっしゅん》の中に永遠を見る
そんな感性《かんせい》がうかがえる

わたしたちは
一方通行の時間の流れ
しかも歳《とし》とともに速まる時間感覚
そんな世界に生活している

ところが
一芸に達《たっ》した人には
ボールが止まって見えたり
全《すべ》てがスローモーションのように見える

そんなときがあるようだ

暑き日々
過ぎてしまえば
懐《なつ》かしき

詩注2

紫蘭《しらん》かな

心理学者の岸田秀《きしだしゅう》（1933- ）氏は「人間の心とは、科学の対象となりうる実体ではなく、意味で成《な》り立っている（『知性』MOKU出版、一九九九年、一一六頁《ページ》）」と記《しる》している。

ナスづくり

身内に、大《だい》のナス好きがいて、ナスづくりにも力を入れている。

あの小鳥の眼《め》

「つどいの丘《おか》」は、トヨタ労連の研修施設《しせつ》

梅雨《つゆ》の家

「世界の絶景百《ぜっけいひゃく》」の企画《きかく》・販売元《はんばいもと》はユーキャン。ジャーナリストの池上彰《いけがみあきら》（1950- ）氏が、建築家の安藤忠雄《あんどうただお》（1941- ）氏へのインタビュー後、「私たちも、常に好奇《こうき》心旺盛《しんおうせい》でいたいですね」と記《しる》していた（毎日新聞 22.6.19）。

雨上《あめあ》がり

脳科学者で医師の浅野孝雄《あさのたかお》（1943- ）氏は、フリーマン理論と唯識《ゆいしき》とを比較し、『古代インド仏教と現代脳科学における「心の発見」』を著《あらわ》した（Web サイトより）。「感じたり、知ったり、意欲したり、判断したりする精神のはたらき」は、「般若心経《はんにゃしんきょう》」の「受想行識《じゅそうぎょうしき》」に当たる。

スイカの味わい

「意識だけの精神世界」は、「あの世《よ》」とも言い換《か》えることができる。なお、関連して秋の章「空澄《そらす》みて」、冬の章「葉っぱを落とし」「白梅《はくばい》が一輪《いちりん》」も参照のこと。

今日は七夕《たなばた》

アポロン神殿《しんでん》の柱に刻《きざ》まれていたとされる言葉、「汝《なんじ》自身を知れ」が思い出される。なお、脚下照顧《きゃっかしょうこ》は、「足元《あしもと》に注意せよ」の外《ほか》に「真理を外にではなく、自己《じこ》自身の内に求めよ」がある（『広辞苑《こうじえん》』より）。

子どもたちの視線《しせん》を

学区小学校での「読み聞かせ」後、廊下《ろうか》に出てからも子どもたちが、手を振《ふ》って見送ってくれたのが印象《いんしょう》に残っている。「はずかしがりや」は、拙著《せっちょ》『四季《しき》開眼《かいがん》』展望社、二〇二〇年、二九頁。

瑞雲寺境内《ずいうんじけいだい》の蓮《はす》

瑞雲寺は、筆者の家の近くにある曹洞宗《そうとうしゅう》の寺。「自由」にかかわっては、上田閑照《うえだしずてる》（1929-2019）寄稿《きこう》『MOKU』vol.283、「生死の問題①」参照。

草取る姿《すがた》

ここでの先生は、心理学者の西島義雄《にしじまよしお》（1918-88）。宮沢賢治《みやざわけんじ》（1896-1933）は、詩人・童話《どうわ》作家。生前は、詩集『春と修羅《しゅら》』、童話『注文《ちゅうもん》の多い料理店』。死後に、詩「雨ニモマケズ」の外《ほか》に『銀河鉄道《ぎんがてつどう》の夜』『グスコーブドリの伝記』などの出版がある（前述「孫子《まごご》に残す偉人《いじん》百選」より）。

晩夏《ばんか》のひと日

阿部吉雄《あべよしお》著『論語《ろんご》』旺文《おうぶん》社、四六‐四七頁参照。なお、孔子《こうし》は、詩注1参照のこと。朱子《しゅし》（1130-1200）は、朱子学の大成者。生成化育《せいせいかいいく》は、「宇宙の運行は、自然を通して万物《ばんぶつ》を育てていること（筆者解釈《かいしゃく》）」。ヤナは、魚を捕獲《ほかく》するのに、水流を誘導《ゆうどう》し追い込《こ》むように竹で作った仕掛《しか》け。

過ぎてしまえば

『奥《おく》の細道《ほそみち》』は、松尾芭蕉《まつおばしょう》（1644-94）の代表作。「ボールが止まって見えた」と語ったのは川上哲治《かわかみてつはる》（1920-2013）、「全《すべ》てがスローモーションのように見えた」は、「ゾーン」に入ったアスリートの少なくない経験（毎日新聞余録《よろく》2022.8.4参照）。

秋の章

法師蝉《ほうしぜみ》

初秋ともなると
アブラゼミに代わり
ツクツクボウシの大合唱《だいがっしょう》
こんななかの身近な話

一時間　千円のパート
千円で自分の一時間を売っている
もっとも　これはそのパート以外に
何も得るものがなければの話

テレビを見る
なんとなく見ているだけなら
テレビに自分の時間を渡《わた》している
もっとも　これはそのテレビ以外に
何も得るものがなければの話

これらは
時間に支配《しはい》されている
「一方通行の時間感覚」に基《もと》づく話
体内時計もおよそこれに準《じゅん》じる

外《ほか》にも
時間について
加齢《かれい》とともに速く過ぎる
「時間間隔《かんかく》の知覚」があるし
過去にも未来にも行くことができる

「時間的な意識の拡大」もある

法師蝉
今を盛《さか》りと
命燃《いのちも》ゆ

点の花咲《はなさ》く

このごろ畑で目につく
白い点のような小さな花
そんな花を咲かすのは
フタバムグラだ

「点」で思い出すは

宗教学者　阿満利麿《あまとしまろ》氏の言葉
「死は壁《かべ》のようにあったが　今では点になった」
「死はたしかにある　でも　それは通過点《つうか》」と

たしかに
死とともに肉体はなくなり
「眼耳鼻舌身意《げんにびぜつしんい》」でのキャッチも
「受想行識《じゅそうぎょうしき》」とワークもできない

あるのは
そんな「第一の自分」に頼《たよ》らない
精神の奥深《おくぶか》いところにある意識
また　包み込《こ》むように在《あ》る
言わば「第二の自分」

「第二の自分」は一人ぼっちではない

あっちにもこっちにも仲間《なかま》がいる
それら「第二の自分」たちは
「永遠の生命」の分身

この世は　仮住《かりずま》いであり
「第一の自分」磨《みが》きをとおして
「第二の自分」へのよいかかわりづくり
この気づきが「死は通過点」となるのかな

見つめれば
点の花咲く
秋ムグラ

探していた財布《さいふ》

秋の訪《おとず》れとともに
畑の土手《どて》の草もよく伸《の》びる
今日はヒガンバナを避《さ》けて鎌《かま》で草刈《くさか》り

草刈りの外《ほか》に
キュウリの支柱《しちゅう》を外《はず》し
ナス　オクラ　ミニトマトの収穫《しゅうかく》

車で帰宅《きたく》後
元《もと》へ戻《もど》そうとした財布
「アレッ　無くなっている！」
その中にはキャッシュカード等《など》も入っていた

出かける前
確かに所持《しょじ》していた財布
念《ねん》のために車の中を探しても無かった

その車で先ほど走った道をもどり
作業した場所を中心に探した
でも　どこにも無かった

そこでこんなときこそ
「第二の自分」の出番と
その見守りの力を大いに期待

しばらくして
助手席の足下奥《あしもとおく》を見ると
「なんと　探していた財布！」

探し物
出てきたときは　只々《ただただ》感謝
「第二の自分」に

月も見守る

あれほど草むらをにぎわしていた
虫たちの声が嘘《うそ》のように静まり
静けさのなかに月影《つきかげ》さやか

この三日ほど
床《とこ》に就《つ》くと決まって
気にかかることがあり
それが堂々巡《どうどうめぐ》り

そう言えば
人体六十兆の細胞《さいぼう》のほとんどは
絶《た》えずつくりかわり入れかわっている
一つ一つが四十億年の生命史を内在《ないざい》している
そんな細胞を統御《とうぎょ》するのは脳だけではない
脳が大きなかかわりはあるとしても
やっぱり　心のはたらきがある

気がかり堂々巡りでも
ときに　心中の奥深《おくふか》くに
ときに　包み込《こ》むように在《あ》る
「第二の自分」に思いを巡らし
ただ素直《すなお》に任《まか》せ切ってみる
すると　安《やす》らかな眠《ねむ》り

中秋《ちゅうしゅう》の

月も見守る
我が身かな

コスモスの花が

芋畑《いもばたけ》の片隅《かたすみ》で
背丈《せたけ》ほどに伸《の》びた
薄紅色《うすべにいろ》のコスモスの花が
秋風にゆらゆらと揺《ゆ》れていた

そう言えば
コスモスは「秩序《ちつじょ》」
転《てん》じて「宇宙」の意味がある

かつて考えたことがある
この世《よ》の事物を認識《にんしき》する二つの様式《ようしき》
「生活認識モード」と「存在認識モード」

その「存在認識モード」の方は
存在の本質について認識する様式で
「深い目」の見方にもなる

その「深い目」では
事物の外側の硬《かた》い殻《から》が
取れたり　破れたりして
根本的　本質的な芯《しん》が現《あらわ》れる

でも
その芯を取り出そうとしても
姿《すがた》なく　音なく　臭《にお》いなく　味なく

取り出すことはできない
では
無いかと言えば
そうではなく確かにある
秩序《ちつじょ》や関係性として

コスモスや
ゆらぎのなかに
秩序あり

ハマスゲを

残暑去《ざんしょさ》って畑仕事

土手《どて》ではびこるのはいいが
畑に入り込《こ》むと除草《じょそう》が厄介《やっかい》
その一つがハマスゲ

畑仕事では
作物を育てることが主
雑草《ざっそう》を取り除くことが従
これが逆転《ぎゃくてん》することはない

人の生き方では
「互《たが》いに切磋琢磨《せっさたくま》し
進歩向上を目指《めざ》す」が主
「助け合い　心を耕す」が従
これはときに入れ替《か》わる

もっとも

「心を耕す」のなかには
汚《よご》れ落しも豊かさを増すこともある
ただ　余《あま》り自分にこだわり過ぎると
今度は他人の影《かげ》が薄《うす》くなってしまう

そう言えば
ハマスゲを逆《さか》さにすると
まるで線香《せんこう》花火のよう

空澄《そらす》みて

秋の早朝ジョギング
まだ暗い路上に出るや
前方右上にオリオン座と

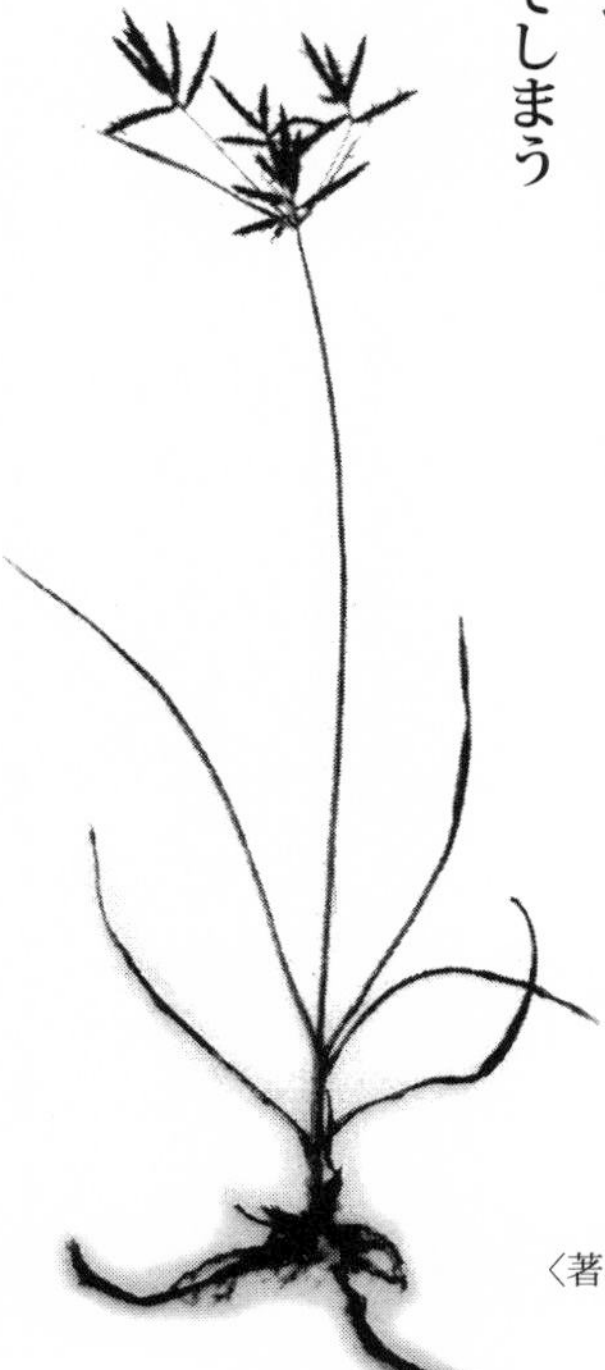

〈著者標本より〉

それを取り囲む星座がくっきり
こんな天の星が招《まね》く不思議《ふしぎ》さ
幾《いく》百年前　幾千年前　幾万年前の
星々の光がここに飛び来たって
今　この目に入っていること

突《つ》き詰《つ》めてみれば
時間は前後の二つの時点で成《な》り立ち
三つ以上の時点でその流れができる
空間は縦横高《たてよこたか》さの三方向で成り立ち
方向と距離《きょり》でその広がりができる
成り立ちなどは違《ちが》っても
時間と空間は不即不離《ふそくふり》

ヒトには

肉体があるために
生老病死《しょうろうびょうし》のある時間に縛《しば》られる
仮《かり》に　肉体が無いのであれば
縛る時間からも解放される

前後の時間はあるものの
Aさんに会いたいと思えば
瞬時《しゅんじ》にそこへ会いに行けるが
Aさんには　Aさんの都合《つごう》があり
思いがほぼ通じ合ったときできる世界
これが「あの世《よ》」と呼《よ》ばれる世界なのかな

空澄みて
近づきたるや
天の星

ホトトギスの花のように

我が家の庭
葉っぱが虫にひどく食べられ
もう咲《さ》かないものと諦《あきら》めていたホトトギス
時期が遅れたものの　たくましく咲いた

そんなこのごろ
体中《からだじゅう》が硬《かた》くなった
物覚《ものおぼ》えが悪くなった
集中力がなくなったなどと
同世代の仲間《なかま》からよく耳にする

それらへの善処《ぜんしょ》は
体を柔《やわ》らかくするには酢《す》

物覚えにはチリメンジャコ
集中力にはバナナなどの食材

その外《ほか》に
運動　睡眠《すいみん》　通《つう》じ
これらのよい習慣《しゅうかん》を持つこと
加えて　好奇心《こうきしん》を持ち続けること

一番避《さ》けたいことは
「歳《とし》だから」と諦《あきら》めてしまうこと
これが　老化を速める大本《おおもと》

老いに善処し
老《ふ》けない道を行く
たくましく咲いた
このホトトギスの花ように

心の地下水脈《ちかすいみゃく》

思い起こすは
この畑近くの下水道工事の折《おり》
ここに地下水脈があると知らされたこと

地下水脈
砂礫層《されきそう》などの地中に
清《きよ》らかな水の流れがあるという

「心の地下水脈」
これまた人の心の奥底《おくそこ》に
清らかな流れがあるという

「心の鎧《よろい》」

これを身に着けると
その流れが塞《ふさ》がれてしまうという

でも
この「心の鎧」を身に着けた人も
「心の地下水脈」を掘《ほ》り当てるや
他人にも心の深いところに
同じ清らかな流れがあり
そのつながりに気づき
見方も変わるという

ああ
人と人とを
深いところで結ぶ
「心の地下水脈」

流れ星の閃光《せんこう》

未明のジョギング
街灯《がいとう》のない暗いいつもの路《みち》へ
つと頭上に流れ星の閃光

つられて心に浮《う》かぶは
自分が教職《きょうしょく》にあったころ
熱い血潮《ちしお》をたぎらせていたこと

その教職　閃光のように過ぎ
定年退職後《ていねんたいしょくご》もすでに十五年余り
これも一瞬《いっしゅん》のうちに過ぎ去った
余生《よせい》も一瞬のうちに過ぎるに違《ちが》いない

かたや
三千数百年前のモーセからも
人類史上の幾多《いくた》の偉人《いじん》や聖人《せいじん》や賢人《けんじん》
桁外《けたはず》れに大きな輝《かがや》きを放っていたが
その肉体は百年を待たず消えて行った

精神界の聖人や上人《しょうにん》でも
「世界の四大聖人《よんだいせいじん》」などしかり
日本でも　聖徳太子《しょうとくたいし》　空海《くうかい》
法然《ほうねん》　親鸞《しんらん》　道元《どうげん》　日蓮《にちれん》
白隠《はくいん》などしかり

よく似けり
人の一生
流れ星

菊《きく》の香《か》や

十日ほど前に
花瓶《かびん》に挿《さ》した小菊《こぎく》が
今もまだ凛《りん》と咲《さ》いていた

こんななか
たまたま目にしたテレビ番組
がん患者《かんじゃ》とはとても思えない方が
「体の免疫力《めんえきりょく》は望めなくても
心の免疫力は持てる」と

なるほど
「心の免疫力」なるもの
明るさや穏《おだ》やかさなどとして

体の外にも自然に現《あらわ》れる

このことに誘《さそ》われて
江戸時代の儒学者《じゅがくしゃ》　貝原益軒《かいばらえっけん》の言葉
「養生の術《ようじょうじゅつ》は　まず心気《しんき》を養うべし」と
この「心気を養う」の解説《かいせつ》では
「心は平静に　体はなるべく動かせ」と

「心の免疫力」も心気も
それほどむずかしくはない
その気になれば

菊の香や
ただよう心気
花瓶にも

紅葉《こうよう》の山肌《やまはだ》が

紅葉の山肌が
陽《ひ》の光を受けて
錦《にしき》のように輝《かがや》くなか
高速道路で一路《いちろ》目的地へ

それは
シャガール展
「夢《ゆめ》みる版画《はんが》たち」

作品はユニークな構成と色彩《しきさい》
これでもかとあった展示作品群
その会場にあったシャガールの言葉
「われわれの内部の世界はすべて現実

おそらく目に見える世界よりもっと現実的」

そうそう
「内部の世界」は「心中の世界」
そういう見方で見れば
彼の作品すべてが
心中の現れ《あらわ》

聖書《せいしょ》も神も
男女の愛も母性も
サーカスもアラビアンナイトも
ギリシャ神話もすべてが

天高し
錦に染《そ》まる
我が身内《みうち》

詩注3

法師蝉《ほうしぜみ》

体内時計は、「概日時計《がいじつ》」とも言われ、脳の視床下部《ししょうかぶ》の視交叉上核《しこうさじょうかく》や、タンパク質の働きにあり、二四時間の周期。法師蝉は、ツクツクボウシのこと。蝉の幼虫《ようちゅう》期間が七年に対して、成虫は三週間から一か月程度と短い。

点の花咲《はなさ》く

阿満利麿《あまとしまろ》（1939-）氏が、ＮＨＫ「心の時代」に出演し、「死は通過点《つうか》」と述《の》べていた。「受想行識《じゅそうぎょうしき》」は、詩注2参照。

探していた財布《さいふ》

「第二の自分」は、見方を換《か》えれば、右脳の働きにかかわりが深い。なお、拙著《せっちょ》『一生一度』（北辰堂《ほくしんどう》出版、二〇一六年、八〇頁《ページ》）も参照のこと。

月も見守る

令和二年の中秋《ちゅうしゅう》の名月は、一〇月一日。天候に恵まれ、美しい月を楽しむことができた。なお、神経細胞《しんけいさいぼう》は、一九九〇年代後半まで、つながりは変わっても再生はしないと言われていた（「Newton」2022.3より）。

コスモスの花が

「生活認識《にんしき》モード」は、普段《ふだん》の生活で認識する様式《ようしき》。「存在認識モード」は、立ち止まって存在の本質について考える様式。詳《くわ》しくは、拙著『ふちんし』（日本文学館、二〇一二年）を参照のこと。

ハマスゲを

ハマスゲは、カヤツリグサの一種で乾燥《かんそう》したところにもよく育つ多年草（『ウィキペディア』より）。表裏一体《ひょうりいったい》にかかわっては、拙著『表裏一体』（北辰堂出版、二〇一四年）を参照のこと。

空澄《そらす》みて

例《たと》えば、オリオン座の一等星リゲルは、光速で八六三年の距離《きょり》（平安時代末期の光）。フィンランドの女性医師キルデ氏は、死について「この三次元の世界で我々が着用している肉体という衣《ころも》を脱《ぬ》ぎ捨てて、別の次元に入っていくこと（立花隆《たちばなたかし》著『臨死体験《りんしたいけん》上』文春文庫、二〇一四年、一八三頁）」と記《しる》している。

ホトトギスの花のように

筆者は、ポリフェノール・ＤＨＡ・葉酸《ようさん》などを多く含《ふく》む食材を快食《かいしょく》するようにしている。併《あわ》せて、快便《かいべん》、快働《かいどう》（脳活《のうかつ》、筋活《きんかつ》、骨活《こつかつ》等）、快眠《かいみん》に心掛《こころが》けている。

心の地下水脈《ちかすいみゃく》

C・G・ユング（1875-1961）は、無意識を個人的と集合的の二つに分け、集合的無意識は、人類が共通してもつより深い層の無意識であるとした（『心理学キーワード辞典』オクムラ書店より）。

流れ星の閃光《せんこう》

教職《きょうしょく》にかかわっては、春の章「フリージアが咲《さ》いた」も参照のこと。なお、聖徳《しょうとく》太子《たいし》（574-622）は推古《すいこ》天皇の摂政《せっしょう》、空海《くうかい》（774-835）は真言宗《しんごんしゅう》の開祖《かいそ》、法然《ほうねん》（1133-1212）は、浄土宗《じょうどしゅう》の開祖、親鸞《しんらん》（1173-1262）は浄土真宗《じょうどしんしゅう》の開祖、道《どう》元《げん》（1200-1253）は曹洞宗《そうとうしゅう》の開祖、日蓮《にちれん》（1222-1282）は日蓮宗の開祖、白隠《はくいん》（1685-1768）は臨済宗中興《りんざいしゅうちゅうこう》の祖（前述「孫子《まごこ》に残す偉人《いじん》百選」より）。

菊《きく》の香《か》や

貝原益軒《かいばらえっけん》（1630-1714）は、儒学者《じゅがくしゃ》・博物学者・薬学者。著書『養生訓《ようじょうくん》』に「養生の術《じゅつ》は、まず心気《しんき》を養うべし（総論上）」とある。拙著『元気の風』（ヒューマンアソシエイツ、二〇〇八年）も参照のこと。

紅葉《こうよう》の山肌《やまはだ》が

M・シャガール（1887-1985）は、ロシア出身のフランスの画家。二〇世紀を代表するユダヤ人画家と称《しょう》されている。

冬の章

イチョウの実

晩秋《ばんしゅう》から初冬《しょとう》にかけて
ハラハラと散るイチョウの葉
ポタポタと落ちるイチョウの実

その実は銀杏《ぎんなん》と呼《よ》ばれ
その外種皮《がいしゅひ》はムッときつい臭《にお》い
それを洗《あら》い落とすと内種皮《ないしゅひ》が現《あらわ》れる
その硬《かた》い殻《から》に守られて内に胚《はい》と胚乳《はいにゅう》
それは　次なる命の本《もと》となる

人の体の始まりは受精卵《じゅせいらん》
それが胎内《たいない》で魚類　そして両生類の時代
は虫類　そして哺乳類《ほにゅうるい》の時代となって誕生
その胎児《たいじ》の成長過程《せいちょうかてい》で魂《たましい》が入る
このように言われている

心について
宗教家の栄西《えいさい》は
「天の高さは　極《きわ》められないが
心は　その天より上に出る」
思想家の王陽明《おうようめい》は
「聖人《せいじん》の心は　明鏡《めいきょう》のごとし」

さらに
哲学者《てつがくしゃ》のイマヌエル・カントは
「天上の星と　我が内なる道徳律《どうとくりつ》」

発明家の豊田佐吉《とよださきち》は
「障子《しょうじ》を開けて見よ　外は広いぞ」

古今東西《ここんとうざい》の偉人《いじん》の言葉
違うことを言っているようで
同じ真理を突《つ》いているようだ
それは　過去から現在へ
そして未来への贈り物《おくりもの》

イチョウの実
レンジで熱しても
茶碗蒸《ちゃわんむ》しの食材としても
美味《おい》しい冬への贈り物

木枯《こがら》しも

一歩外は冷たい木枯し
暖房《だんぼう》のきいた「つどい丘《おか》」ロビー
そこで決まった次回の研修会テーマ
「自分の役割《やくわり》を見直《みなお》してみよう」

定年退職後《ていねんたいしょくご》の今の自分としては
先ずは　妻に対しては夫
子供に対しては父親
孫《まご》に対しては祖父《そふ》
こんな役割かな

次には
国家や地域に対しては

法律《ほうりつ》や条例《じょうれい》やモラルを守ること
選挙《せんきょ》も納税《のうぜい》などもきちんとすること
縁《えん》ある慈善事業《じぜんじぎょう》へ寄付をさせてもらうことかな

さらに
身近なことでは
畑で野菜づくりを励《はげ》むこと
その収穫《しゅうかく》は縁ある人に食べてもらうことかな

そうそう
大事なこととして
心を耕《たが》し　心を磨《みが》く
これを精一杯《せいいっぱい》やり抜《ぬ》くこと
そしてその道程《みちのり》を詩の形で残すことかな

木枯しも

役割ありと
吹《ふ》きにけり

クレマチスが

我が家の庭に
白い清楚《せいそ》な中輪《ちゅうりん》の花
クレマチスがズッと咲いている

そんな姿《すがた》を前にして浮《う》かぶ
ヒトは　生活していくなかで
自分の立ち位置を無意識《むいしき》のうちに
空間的にも　時間的にも定めている

これが
社会的立場や年齢《ねんれい》などと
かけ離《はな》れたものとなっていれば
精神や脳に障《しょう》がいがあるとして
治療《ちりょう》を受けることになる

でも
自分の立ち位置
その確かさと不確かさの間に
異次元《いじげん》への通路が潜《ひそ》んでいるようだ

ヒトは意識の上では
万物《ばんぶつ》と一緒《いっしょ》になることも
現在だけでなく過去へ行くことも
それでいて普段《ふだん》の生活に戻《もど》ることもできる

ひょっとすると
こんなはたらきをすることが
すでに異次元世界とかかわりがあるのかな

ああ
帰り花
眺《なが》める我に
我はなし

葉っぱを落とし

すっかり
葉っぱを落とし
冬の寒さを迎《むか》える

落葉広葉樹《らくようこうようじゅ》たち

人も
これまで蓄《たく》えたわずかな財産
これまで積んだわずかな実績
これらもすべて手放す

それだけでなく
これまでお世話になって来た方々《かたがた》
これまで親しんで来た友達《ともだち》
これらとも別れる

それでもなおわずかに
意中《いちゅう》に　限られた人を残し
腹中《ふくちゅう》に　限られた書《しょ》を残す

さらに
それさえ捨てて
「第二の自分」となり
「永遠の生命」の仲間《なかま》となる

すっかり葉っぱを落とした木々
これから冬の寒さに耐《た》え
来たる春を待つ

今日は冬至《とうじ》

今日は冬至
分厚《ぶあつ》い雲のためか
昼間でも暗い

それでも
今日《きょう》を境《さかい》に日一日と昼間が長くなる
このようにとらえれば何かしら明るくなる

私たちには
頼《たよ》りにしている太陽暦《たいようれき》の外《ほか》
二十四時間周期の体内時計がある
これは脳とタンパク質の働きにより
この身体がある限りその時を刻《きざ》む

それでは
この身体を脱《だつ》して
意識だけになってみれば
この時間の壁《かべ》を超《こ》えられるのかな

なんだか
時々刻々《じじこっこく》と変わる時間
その瞬間《しゅんかん》　その瞬間のなかに
「永遠なるもの」が潜《ひそ》んでいるようだ

ああ
冬至にて　意識もて
超えんとするは
時の壁

スイセンは

冬の庭に出てみると
葉を落としたユキヤナギの下《もと》で

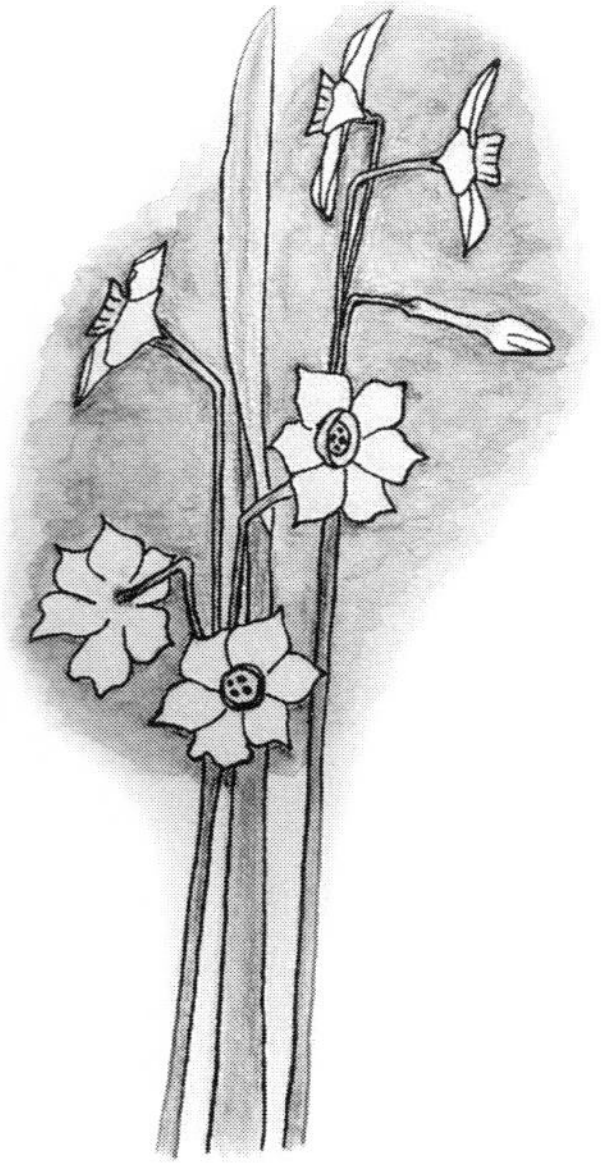

スイセンが寄りそって咲《さ》いていた
よい香《かお》りのスイセンの花も
根っこには強い毒がある
でも　毒を無くせば
スイセンは絶える

実際には
スイセンは
毒を持ちながら
毒に支配されていない

そう言えば
ヒトの心にも鬼《おに》がいる
でも　鬼を無くしてしまえば
ヒトも生気《せいき》を失う

心のなか
鬼を持ちながら
鬼に支配されない
そんな生き方がいい

ペットボトルで
即席《そくせき》の花瓶《かびん》を作り
スイセンを挿《さ》した

霜柱《しもばしら》が

霜柱が
スクスクッと立って
畑の表土《ひょうど》を持ち上げていた

近所のOさんとの畑対談でも
「水道管が凍《こお》って水が出なくなった」と

こんななか
しもやけの手を擦《さす》りながら
我が身のことに振《ふ》り向ければ
これまで「第一の自分」があるのは
地球の生命が互《たが》いに遺伝子《いでんし》でつながり
そのなかに我を守り生かそうとする自利《じり》と
我を超《こ》えて他を生かそうとする利他《りた》があるおかげ

ヒトは
この自利と利他によって
これまで進化して来たとも言えよう

でも

そうではあっても
進化レベルの永《なが》い航海では
右へ左へと迷《まよ》うこともあったに違《ちが》いない

そんな迷いのときには
宇宙船「地球号」の船頭役《せんどうやく》がいる
それを名づけて「地球生命体」とすれば
これにヒトの「永遠の生命」も入ることになる

地表をば
持ち上げにけり
霜柱

寒気が居座《いすわ》り

寒気が居座り
三日ほど前の雪が
まだたくさん積《つも》っていた

そんな寒さのなかで浮《う》かぶは
「知の学問」と呼《よ》ばれる朱子学《しゅしがく》
八百年以上前「理気二元論《りきにげんろん》」を説く
理は　宇宙の根本原理
気は　その発現《はつげん》に必要なものとする

「心の学問」と呼《よ》ばれる陽明学《ようめいがく》
五百年余り前「心即理《しんそくり》」を説く
心は　理と分けるのではなく

宇宙の根本原理に通じるとする

その宇宙の根本原理
これを　推《お》し量《はか》るに
実体ではなく関係性

関係性は
数学では定理や公式
物理学や化学などでは法則《ほうそく》
宗教では慈悲《じひ》や仁《じん》や愛《あい》など
こんな側面があるのかな

おっと
こうなると
客観《きゃっかん》や概念《がいねん》の迷路《めいろ》入り

迷路からの抜《ぬ》け道
一瞬《いっしゅん》のなかに永遠があり
永遠のなかに一瞬がある
微塵《みじん》のなかに無限があり
無限のなかに微塵がある

積雪《せきせつ》の
地中の命
抱《いだ》きけり

白梅《はくばい》が一輪《いちりん》

寒中というのに
南に面した陽《ひ》だまりで

もう白梅が一輪咲《さ》いていた

こんな日に
書見《しょけん》で出会った
社会学者の広《ひろ》井《い》良典《よしのり》氏
「私の人生とは
時間を超《こ》えた何かから生まれ
しばらくの間　時間のなかを生き
再《ふた》び時間を超えた何かに帰る歩み」と

続けて
「その歩みの全過程《ぜんかてい》
あるいは　生《せい》の瞬間《しゅんかん》　瞬間において
私たちは　時間を超えた何かとつながり
それによって支《ささ》えられている」と結ぶ

学者である広井氏は
時間を超えた何かについて
「あの世《よ》」とは言わなかったが
これに当たるものがあるとすると
辻褄《つじつま》が合うようだ

陽だまりで
時忘《ときわす》れけり
冬の梅《うめ》

広い窓越《まどご》しに

広い窓越しに見る猿投山《さなげやま》
山頂《さんちょう》が少し白く見えたかと思いきや

あっという間に雲に覆《おお》われ
冷たい雨

大気中の水
水蒸気《すいじょうき》が水滴《すいてき》となり
水滴が雲となり雨となる
雨は川となり大海へ注《そそ》ぐ
その海面などから水蒸気
地球の生命はこの循環《じゅんかん》のおかげ

そう言えば
肉体を持つ「第一の自分」は
ときに　心中の奥深《おくふか》くに
ときに　包み込《こ》むように在《あ》る
「第二の自分」のおかげ

はてさて
この「第二の自分」には
「天の意識」が隠《かく》れているようだ
これは　四次元時空間の束縛《そくばく》から離《はな》れ
行きたいところへ行って　見聞《みき》きできる
「天眼《てんげん》」「天耳《てんじ》」「神足《じんそく》」にかかわっている

かたや
一方通行の時の流れから離れ
三世《さんぜ》のことも知ることができる
「宿命《しゅくめい》」にもかかわっている

外《ほか》にも
「他心《たしん》」「漏尽《ろうじん》」がある
こんな「天の意識」の働きで
通常はまったく無縁《むえん》の多くの人も

長い人生行路の危機《きき》のときなどには
きっと救われて来たに違《ちが》いない

そうそう
たまには広い窓越しに
「この世《よ》」に意識を一部残しながら
時空を超《こ》え「天の意識」を垣間《かいま》見たいものだ

冬木《ふゆぎ》立つ

このところの寒気団の居座《いすわ》りで
アカギレやシモヤケに
事欠《ことか》かない我が手

こんななか
山で雑木《ざつぼく》の間伐《かんばつ》をしていると
シジュウカラが近くにやって来た
お目当ては　ヒサカキの黒い実

そう言えば
センリョウやマンリョウの赤い実は
もう野鳥たちに食べ尽《つ》くされ
残るはこのヒサカキの実

もとよりここに
センリョウやマンリョウやヒサカキ
これらの実のなる木が根づいたのは
野鳥たちの幾《いく》年前　幾十年前の仕業《しわざ》

どんなことも

原因があり　結果がある
その結果が　次の原因となる
これが連鎖《れんさ》となって続いていく

ああ
大地に根
大空《そら》へ枝はり
冬木立つ

詩注4

イチョウの実

栄西《えいさい》（1141-1215）は、日本臨済宗《りんざいしゅう》の開祖《かいそ》。王陽明《おうようめい》（1472-1528）は、陽明学の祖。カント（1727-1804）はドイツの哲学者《てつがくしゃ》。豊田佐吉《とよださきち》（1867-1930）は、発明家・実業家（前述「孫子《まごこ》に残す偉人《いじん》百選」より）。

木枯《こがら》しも

存在の根本には、役割があると考えられる。ただ、とりわけ人では、自分では、「役割なし」ととらえても、周《まわ》りからは、そうではないこともある。なお、「つどいの丘《おか》」は、詩注2を参照のこと。

クレマチスが

脳科学者のJ・B・テイラー（1958-）氏は、自身の左脳の脳出血《のうしゅっけつ》の始まりを、「からだが、個体ではなく流体であるかのような感じ（『奇跡《きせき》の脳』新潮文庫、二〇一〇年、三八頁《ページ》）」。右半球の深い内なる平和の回路を動かすことについて、「その時間が長ければ長いほど、より多くの安らぎが世界に投影《とうえい》され、地球がより平和になると信じています（『WHOLE BREIN』NHK出版、二〇二二年、三四四頁）」と記《しる》している。

葉っぱを落とし

「六中観《りくちゅうかん》」（安岡正篤《やすおかまさひろ》座右の銘《めい》）には、「①忙中閑《ぼうちゅうかん》あり、②苦中楽《くちゅうらく》あり、③死中活《しちゅうかつ》あり、④壺中天《こちゅうてん》ありと続き、最後に⑤意中人《いちゅうじん》あり、⑥腹中書《ふくちゅうしょ》あり」とある。

今日は冬至《とうじ》

二〇二二年ノーベル物理学賞の一人、アントン・ツァワイリンガー（1945-）氏は、量子テレポーテーションを実証。ここでの「意識」にかかわっては、夏の章「瑞雲寺《ずいうんじ》境内《けいだい》の蓮《はす》」も参照のこと。

スイセンは

ここでの鬼《おに》は、いわゆる赤鬼や青鬼などではなく、「人から奪《うば》う」「人を害する」、そんな思いを強く持って行う人のこと。

寒気が居座《いすわ》り

朱子学《しゅしがく》の大成者の朱子（1130-1200）は、「この世界は理と気で成《な》り立っている」と説く。前述の王陽明《おうようめい》は、「心外に理なく、心外に物なし（心即理《しんそくり》）」と説く（前述「孫子に残す偉人百選」より）。なお、慈悲《じひ》は仏教、仁《じん》は儒教《じゅきょう》、愛《あい》はキリスト教の中心となる教え。

霜柱《しもばしら》が

哲学者《てつがくしゃ》の梅原猛《うめはらたけし》（1925-2015）は、「遺伝子《いでんし》は、自己《じこ》を生き永《なが》らえさせようとする自利《じり》の要素《ようそ》と、自己を犠牲《ぎせい》にしても子孫《しそん》を残そうとする利他《りた》の要素をもっている（『梅原猛の授業 仏教』朝日新聞社、二〇〇二年、二三八頁《ページ》）」と記《しる》している。「地球生命体」にかかわっては、春の章「打つ畑《はたけ》」も参照のこと。

白梅《はくばい》が一輪《いちりん》

ここでの引用は、広井良典《ひろいよしのり》著『無と意識の人類史』東洋経済新報社、二〇二一年、二六五頁。

広い窓越《まどご》しに

仏教で言う六神通《じんつう》は、①普通《ふつう》では見えぬものを見通したり、②普通では聞こえぬ音を聞いたり、③高速でどこへでも行けたりする力。④前世《ぜんせ》のことを知ったり、⑤人の心を見通したり、⑥煩悩《ぼんのう》が無くなったことを知る力（Web サイトより）。

冬木立つ

次男家に長男が誕生し（2023.1.24）、「大空（そら）」と命名《めいめい》された。

あとがき

本書は、著者がホームページに掲載《けいさい》した近年の詩文をもとに、季節ごとに編集《へんしゅう》しました。今回の編集の方針は、「人の生き方」を扱《あつか》いつつ「第二の自分」や「永遠の生命」にかかわるものを多く選びました。その外《ほか》にも前著『四季《しき》開眼《かいがん》』と同様に伏線《ふくせん》として、空間論・時間論・存在論を入れました。ただし、今回はそのなかの時間論に重きを置きました。なお、健康・長寿《ちょうじゅ》にかかわっては、「ホトトギスの花のように」「菊《きく》の香《か》や」として著《あらわ》しました。

宮沢賢治《みやざわけんじ》は、「農民芸術概論綱要《がいろんこうよう》」の序論《じょろん》で「世界がぜんたい幸福にならないうちは個人の幸福はあり得ない」と記《しる》しています。一人ひとりが「永遠の生命」の分身であるという自覚があれば、自助《じじょ》・共助《きょうじょ》はもとより、共存《きょうそん》・共栄《きょうえい》や進歩・調和もみな包摂《ほうせつ》し、世界全体の幸福につながるものと確信しています。そこで、そこに至る一助《いちじょ》になればいいと、「第二の自分」の発見や「永遠の生命」への道標《みちしるべ》を、詩の形で表現してみました。なお、題名を「四季開眼《しきかいがん》2」としましたが、ここでの開眼にもレベルがあり、前著も本書も、まだ初歩に過ぎないことを申《もう》し添《そ》えておきます。

結びになりますが、著作《ちょさく》をここまで続けられましたことは、作家で哲学者《てつがくしゃ》の濤川栄太《なみかわえいた》氏が、生前に筆者のことを「現代の宮沢賢治である」（拙著《せっちょ》『むげんの風』ヒューマンアソシエイツ）と称《しょう》して励《はげ》ましていただきましたお陰《かげ》であります。心よりお礼申し上げます。

令和五年六月吉日

山川白道

山川白道（やまかわ はくどう）
昭和 22 年 愛知県生まれ。東京理科大学卒・玉川大学卒。
昭和 47 年 4 月から平成 7 年 3 月まで公立学校教諭。
（中学校在職中に第 18 回東レ理科教育賞を受賞）
平成 7 年 4 月から平成 15 年 3 月まで公立学校教頭。
平成 15 年 4 月から平成 20 年 3 月まで公立学校校長。
平成 20 年 4 月から平成 27 年 3 月まで公立放課後児童クラブ主任指導員。（在職中に NPO 法人日優連認定マスター心理カウンセラー資格取得）
現在、平成生涯学習支援連盟理事長。

【主な著書】
平成 13 年 『青い空　白い雲』文芸社
平成 19 年 『むげんの風』ヒューマンアソシエイツ
平成 20 年 『元気の風』ヒューマンアソシエイツ
平成 23 年 『詩集　四季の風』日本文学館
平成 24 年 『詩集　ふちんし』日本文学館
平成 26 年 『詩集　表裏一体』北辰堂出版
平成 28 年 『詩集　一生一度』北辰堂出版
令和 2 年 『四季開眼』展望社

四季開眼 2　詩文でたどる「第二の自分」から「永遠の生命」へ
令和 5 年 7 月 20 日発行
著者 / 山川白道
発行者 / 唐澤明義
発行 / 株式会社展望社
〒 112-0002 東京都文京区小石川 3 - 1 - 7 エコービル 202
TEL:03-3814-1997 FAX:03-3814-3063 http://tembo-books.jp
編集・制作 / 今井恒雄
印刷・製本 / モリモト印刷株式会社

ISBN 978-4-88546-430-0 定価はカバーに表記